飛聲叢書第二十五篇

歌集

谷は花筏

上羽玉枝

現代短歌社

目次

Ⅰの章（平成七年—十年）

Ⅱの章（平成十一年—十四年）

Ⅲの章（平成十五年―十八年）

Ⅳの章（平成十九年―二十二年）

Ⅴの章（平成二十三年―二十四年）

谷は花筏

Iの章

小春の風

コンピューターのたちまち占ふわが未来Ｂ５の紙に刷られ出で来ぬ

信号の変れるたびにその色に映えてしづくす黄昏の雨

細き糸吐きつつ巧みに巣を張りて己が生活に蜘蛛は飽かざり

庭草を除る夫の背に木洩れ日の影ゆらぐなり小春の風に

枯れ菊を燃やす煙はひと吹きの風にしるけく菊の香りを

穭田は青々としてコンバインの撒きし新藁を覆ひ隠しぬ

小梯子に危ふく身体を構へつつゆつくりと捥ぐ大美濃熟柿《じゆくし》

柚子風呂

残照にかがよふ山の紅葉を染めたし木綿のわがブラウスに

開け放ちガラス戸拭ふわが部屋に一枚となりしカレンダー揺る

夢求め共ども駈けし遠き日をよみがへらせる友の遺歌集

柚子風呂に唱ふ幼とその父の時季外れなる「雛祭り」の歌

木の椅子に友禅座布団ほこほこと無人の駅を支へる善意

久々の友との話に満たされて立てばソファーの二つの窪み

旬日を雪に埋もれし青葱の瑞々しさを刻む味噌汁

春の吹雪

淡きピンクの服を纏へる人形《マヌカン》のウインドーに寄り吹雪を避くる

牛蒡の香のほんのり立ちて五目豆ぷくぷく煮ゆる雪降る午後を

畝形に積もれる雪の眩しさは小蕪の在り処をさがす小止み間

咲き初めし白梅に差す残照が一尾の蜂をなほとどめをり

講膳のかしはの汁にしたたかに雪被りゐし葱は香れる

幼な児の手をとり渡りしを見届けて工事警備員は青旗を上ぐ

ソマリヤの飢餓の報道《ニュース》に引き続き猫のグルメのテレビＣＭ

辛夷咲く頃

春一番通り過ぎたる昼下がり一つ並びのランドセルゆく

遠山の白くけぶるは辛夷なり咲きさかる頃は種を播くころ

竹の葉の黄の色しるし大籠にやうやく四本の筍掘れり

冬囲ひ解かれ今宵は鯉池に庭の灯映ゆる百日ぶりか

「馬鈴薯の土寄せ」と書く三年日記去年の今日もかく記しゐき

足腰の痛みあるとも朗らなり早乙女らみな古稀を過ぎたる

こだはりのいまだ解けざる午下り刻む玉葱いたく目に沁む

杉下駄

杉花粉は白煙のごと峡おほひ蕗摘む媼の姿かすめり

重ね着をする梅雨の日は小暗くて村道の灯り昼を点しつ

唐突にどよもす雷と地を打つ雨童らの黄の傘乱れつつ走る

毛皮着てフランスパンを包まずに脇差しのごと持つ女のあり

朝な夕な鯉の給餌に履く夫の杉下駄灼けぬ沓脱ぎ石に

稲の穂のずしつと重き手応へをひとり確かむ白露の夕べ

旱天に谷川の底ひあらはにて水の溜りにめだか寄り合ふ

洗ひ髪

穫り入れを終へて丁寧に髪洗ふ立待月の白き今宵を

太公望を自負する人の釣り話終はりて小鰺を十匹くれぬ

稲の穂の撓めばイチローの案山子さん露《あらは》となれり秋日好天

芒穂はいよよほぐれて妖怪の婆の白髪を夕べしのばす

姑を看取りし一年今にして思ふ短し三十三回忌

三十三年の姑の忌近く墓碑清む地絹の似合ふ姿顕たせて

山裾にひつそり立たす野仏に花を絶やさぬ傘寿のをみな

乾きゆく豆の時折はぜる音峡の小春は短き日射し

葉隠れに生りゐし柚子の熟れていま在り処を示す明るき黄色

トラックの荷台を占めるビールの缶猛暑のあかしの廃品回収

鳥追ひの風車が廻るその畑をあさる鴉は時折り跳ねて

湯気立つ

掃き寄せし柿の落葉の上じめり湯気立つるなり師走の温く

湯気あはく立つ湧水の古池に雪除けて採りし青葱洗ふ

ただ一つ残りゐし冷菓つるりんと咽喉こす独り居小春日の午後

黒豆を切りて棚田を下り来ぬ徐徐に伸びゆくわが影法師

夕茜残る山の端なほ明し野焼きの人ら田に暗みつつ

一望の雪の田面のあちこちに切藁堆肥ふくらみを見す

長き首を雪降る空に向けて啼く鷺の番ひの呼吸づき哀し

雪の畑に日の射し初めて先づ見ゆる葱の尖り葉みな空を指す

村人の善意に掻かれし雪道を童らの黄の傘一列にゆく

タイヤチェーンの音かまびすしく耳につき遅れバス待つ雪の国道

葉隠れに採り残されし甘とうのみどり凍みたり一夜の雪に

灰汁の手

編み上げしセーター渡せばそそくさと夫は姿見の部屋へ入りゆく

ただ一輪ふたたびを咲く山茶花のくれなゐ透かし淡雪の積む

枯木とも見えゐし山椒いちはやく赤芽をふきぬすでに棘もち

初摘みのよもぎの灰汁の手の染みをこする仕舞ひ湯雛《ひひな》の夜の

地下足袋の歩幅を測りて老庭師生垣の苗を配置するなり

かみ合はね返事戻り来アクセサリーのごとき補聴器つけし友より

塀越しに垂るる雪柳登校の童らの帽子をつぎつぎ撫づる

命綱

暑を逃れ来し渓川に鶺鴒の水を蹴散らすしぶき霧らへり

命綱にその身を結び松の葉を老いの庭師はつぶさに摘みゆく

残照を背に輪郭のくつきりと際立つビルの鋭角の塔

朝なさな飛石を渡り餌をやる夫の下駄音鯉は知るらし

水取りの争ひありしとふ遠き日よ大川井堰の成りておだやか

30度の暑さを夕べに引きずりて水撒けば花壇音たてて吸ふ

整備成りし広き農道に高級車停まりて背広の人田水見る

残照に藤の花房映ゆる峡時報の鐘が長くひびけり

打ち水をして待つ人のあるでなくただ涼欲りて撒く朝夕を

白桃を丸かじりする電気工の汗と果汁が手首をつたふ

背広買ふ夫に孫らも付き添ひて丸き背に合ふをにぎにぎ選ぶ

白萩

小春日を丈低く咲く蒲公英に翅休めをり一つ白蝶

廃屋にも四季の恵みはたしかにて地に花咲かすしだれ白萩

こほろぎのしき鳴く方に嵩たかく掃き寄するなり柿の落葉を

群れなして峡を遠のくアキアカネ薄きその翅西日に透きて

サロンパスのはつかに匂ふローカルバス三人の客ともに老いゐて

櫓太鼓のひびき高らか少女らの桴《ばち》の手そろふ息のたしかさ

明治節の普き日射しを「菊日和」と祖父は言ひつつ花台つけゐき

秋霖の降りみ降らずみ玻璃越しの山茶花の葉にしづく宿れる

間伐のチェーンソー唸り久々に日射しを浴ぶる山の落葉は

夕つ日を背に受けつつ峡下る行く方をはばむ長きわが影

少女らの跳ぶ大縄のゐがく弧が吹く木枯らしに靡き乱るる

雉子

すれ違ふ時にシャネルの香を残し闊歩しゆけり革ジャンの娘は

凩になぎ倒されし芒原抱卵の雉子か鋭く鳴けり

ゐんどうに刈り草を敷きこの年の仕事納めて山畑くだる

若菜摘む

七草を摘む背に日射しやはらかく芹の稚芽のしるく匂へり

四方の嶺に雪かげ見えぬ小正月黄の色くくと福寿草咲く

小豆粥祝ぎて正月の宴終ふ火の粉ふはふは注連飾り燃え

峡の田の水路は枯れ草に覆はれて水は見えねど流れの音す

梅の香の風にのり来る棚畑に麦踏むをみなの足軽やかに

枯れてなほ立つ草ぐさを嘗《な》めるがに風を呼びつつ野火は拡ごる

うしろから夕日の射せばわが影に先導されて家路を急ぐ

鯉談義

鮟鱇のえらまだわづか動く見ゆ競り場の鉤に吊り下げられて

西日射す障子に老いのすがた濃し鯉談義する庭師と夫の

昼間見し尾花を敷きて卵抱く雉子か春寒の夜の鋭声は

寺山の木起し人足老いばかり辿りつきたる嶺ゆ海見つ

水張田に映る新緑を水鳥ら遊びて千々にその影くづす

残業の続く息子にセーターを持てと口出す花冷えの朝

田辺城の容《すがた》を遺す石垣の苔の間に間に花すみれ咲く

松籟をみやびの主の歌と聞く「古今伝授の碑」を訪ふ径に

一輪車に乗り得し少女両の手を鰭のごと振り声かけて過ぐ

絽の喪服いまだ着ぬまま畳紙のセピアの色は深まりてゆく

麦秋

深山なる晩生桜か花筏の浮かぶ谷水植田に灌ぐ

舗装成り一夜明けたる村道にまづ足跡をつけしは野良猫

梅の実の籠に盛られてじゆわじゆわと唾《つばき》の湧きぬ香の充つる土間

抱卵の雉子こもりゐむ草むらへ野火のほむらの惻々せまる

十二単の襟元のごと葉を重ねし檜扇生けぬ祇園祭りに

さざ波の凪ぎし水田はただ澄みてゼリー状の巣に蝌蚪の目黒し

黄の傘が高低ありて揺れながら田中の道ゆく集団登校

暮れなづむ村道帰る中学生の蛍光ペダルが蒼くひかれり

植林を終へしばかりの寺山の道くきやかに蛇行を画く

はまなすの終の一花に処暑の露薄桃色に透けて宿れり

遮断機の降りし野道に伝ひ来ぬ近づく列車の重き震動

秋の朝顔

一本足あらはに見せて立つ案山子倒伏しるき稲田の中に

コンバインの刈り田に雀かしましや落籾拾ふ歓声らしき

霜降《さうかう》の朝なほ咲きつぐ朝顔の小さき花もくれなゐぞ濃き

去年の日記見て葱を播き芋を掘る慣ひ重ねて秋深みゆく

鳴きつぐる声を辿れば掃き寄せし落葉の下にこほろぎゐたり

五十年忌の読経と共の百舌の声祖父を葬りしかの日のやうに

収穫を終へし広田の片隅に疲れし案山子と老地主立つ

南瓜食べ柚子湯を浴ぶる慣はしを意義づけて住むわが三世代

小春日の明るき部屋に老いの顔をさだかにうつす鏡覆ひぬ

農政に副ふとは言へど荒るる田に目をそらしゆく咎負ふごとく

養蚕に励みしみ祖偲ばせて桑の木二本田岸に生ふる

一台の老人車《シルバーカー》の二人連れにわが追ひつきてわれ追ひ越さず

畑中に水噴き出づる一ところ小松葉洗ふ手に湯気立てり

冬ざれの浅瀬に佇む白鷺の視線の先に小魚はねをり

夕づける谷川の瀬におぼろなる不動のかげは白鷺らしき

霜柱

秋耕の黒き土塊に銀針のごとき霜柱たちて春来ぬ

老人車《シルバーカー》を押しゆく媼の目の高さに屈まり見上ぐ枝垂るる梅を

菜種梅雨上りて畠の堆肥より湯気の立ち初む草匂はせて

四十年の教員歴のわが夫は喜寿となりても声の大きく

男の子らが相撲をとりし一望のれんげ田に今ビル建ち並ぶ

こぶし咲く峡のしじまを打ち破る山の匠のチェーンソーの音

トマト苗植うる手許に影さしぬ延びたる日脚山の端にあり

一番星

辻に立つ石の地蔵に若葉影揺るれば愁ひの表情見する

谷あひの植田の水にきはやかに映る灯りは一番星なり

ぬかるみの農道ゆけるトラクターのとどめし轍深く沈める

玉葱の移り香しるし半日をその収穫に着しブラウスは

護岸工事のとり残されし谷川辺そこのみ蛍のちらほら見ゆる

世帯主の欄に息子の名を書きて穏しき表情の夫は喜寿なり

わが母の三十三回忌の遺影指しおばあちゃん似てると孫ら言ふなり

日除け

梅雨晴れに茄子を採りたる靴型がそのまま乾く強き日射しに

好みなる友禅の着物偲ばせて山裾に咲く藤の垂り花

喘ぎつつ黒煙吐きて貨車ゆきし鉄路に電化の工事始まる

蟻の列に曳かれゆく蟬の亡骸に葬りの花か百日紅散る

蚊遣り囲み夕餉をとりし遠き日の生活憶ほゆクーラーの部屋

隣り家に雨戸を開くる音のして独居の媼健やからしき

岩間洩るる清水夏日も絶ゆるなく掬ひて飲めばのみど潤ふ

夕顔

「夕顔」と札立つ苗を育て来ぬ白き大輪今朝を咲き出づ

「夕顔は朝咲かないよ」と幼言ふさてこの花の正体は何

あすなろの押葉を一つ友くれぬ明日成る楽しみ孫に重ねて

六十年箪笥に眠る小袖解く切れぎれの糸わが青春の

庭下駄の音いまもなほ亡き夫と鯉は思ひゐむ餌与へつつ

出で初めし土手の芒の穂を揺らし二輛の特急電車がゆきぬ

長旅を終へて家路を急ぐときわが里のみの匂ひ身に沁む

百五十回忌

台風の進路予報に久々に戸袋より出す雨戸きしめり

五歳児の百五十回忌の塔婆立つ小碑苔むし戒名読めず

隣り村の晩鐘峡にひろごりて柿採るわれは刻を知るなり

廃屋の池に通ずる山水にいまも清しくわさびの生ふる

穂芒を将棋倒しになぎ伏せて木枯らし一号の日の暮れはやし

十余戸の里を沈めて成りしダムにボート練習の声の明るし

齢のこと禁句となしてひたすらに同級会は懐古の饒舌《おしゃべり》

歳晩

雪降らぬ歳晩の日々築山の草とる背に木洩れ日のあり

無理のなき歳末掃除の日程によりて消化す今日はガラス拭き

歯の治療の不安消えゆくＢＧＭの「乙女の祈り」台に寝て聞く

濃緑の杉垣の間の黄葉はいつしか生ひし山椒の木なり

冬至湯の柚子に戯れ足《た》し算をしたる児ははや代数学ぶ

夫の植ゑし柚子は葉隠れ熟れそめて初生りを知る五十個余り

Ⅱの章

地蔵の顔

五年物の梅酒一献試すとて濃きまろやかさを舌に遊ばす

斑雪凍むるさ庭に梅一輪咲くを見付けぬわが早春賦

ひつそりと春は牡丹雪に乗りて来ぬ鯉はおもむろに泳ぎ初めたり

凍み雪を振り払ひたる竹のもと日かげあまねし地蔵の顔に

真向ひの篁空を掃くごとく揺れて春雷とよみ初めたり

あかときの焚き火を囲む出荷場豆殻匂ひときに爆ぜつつ

壺の中へ投げ入れるごと詰め込むが味噌仕込むコツと亡き姑言へり

菜種梅雨

春雷の止みて晴れゆく向かう嶺の電波反射板きん色に映ゆ

何せむと背戸に出でしかふと忘れそのまま仰ぐおぼろ月かげ

旅みやげを解きゆく程に酢の匂ひ笹葉に囲はれし富山の鱒ずし

薯の畝覆ふマルチをはじく音降るともみえぬ春の雨知る

真向ひの山のなだりに辛夷咲き峡はにぎはし耕運機の音

井堰の板開けられし朝乾きたる冬鋤きの田の水を吸ふ音

新茶の香たつお湯呑みに頬を寄せ少女は唱ふ「八十八夜」を

小康を得て久びさに夫の撒く鯉餌の波紋朝日にきらめく

岩清水落つるそこのみ際やかな窪みのありて鶺鴒尾をふる

梅雨明けを告げに来しかも久びさに庭に来て啼くひとつ鶯

池の面に映る木の影散らしつつ鯉は噴水の下に集まる

夫逝けり

体力の衰へと共に髭の伸び鈍りて七日ぶり剃刀を当つ

朝粥を食べさすわれに顔見えぬと言ひたるときに衝撃走る

やがて来む黄泉路の旅の装束に大島の対とひそかに決めぬ

夫の吸ふ酸素をつくる清浄水の泡立つ音に馴れてまどろむ

五日前離り住む娘らの見舞ひしを分つとると言ひしが終となりたり

うすれゆく意識の中で絞り出すやうな言葉の解せぬ悔しさ

五十四年共に棲みたるこの家に看とり尽ししをせめてもと思ふ

奥津城の梢より見下す鴉さへ夫の化身と立ち去り難し

白き布帛にみ骨包みて納めたる奥津城ゆゑに菊の香麗はし

欲りつつも夫の悕へしウイスキーを墓前に撒けば音たてて沁む

骨壺を割りてかけらを墓所深く埋めしに未練のなほ断ち難し

鯖寿司

お土産の鯖ずしは先づおぢいちゃんへ香たき手向ける二人の女孫

禁酒令《ドクターストップ》自づと解けしウイスキーを碑に手向ければ夫の匂ひす

叙位叙勲の使者見送りてうからと啜るうどんの音に落ち着く

朝粥を食べさす夫の亡きいまは遺しし鯉に餌をまづ与ふ

叙位叙勲の額と並べる夫の遺影灯明りの揺らぎに表情うごく

渓流は澄める師走の日を反し川幅だけを帯なす光

一連の夫の法要終はりたり三十枚の座蒲団小春日に干す

うらにしの時雨の中ををみならは明日は雪積むと大根を採る

昨夜の雪梅の蕾を容赦なくおほひて春の歩み阻ぐ

柚子の香り部屋内に充ちふつふつと煮詰められゆく琥珀のジャムは

大寒とは思へぬ日射しを留めたる菊菜のみどりいよよ鮮し

吹雪

灯の点かぬ家に帰れる哀しさを友訴ふる雪の夜の電話

ふつふつと味噌豆釜に煮え初めぬ火の消えぬほどの雪降り続き

防風林の向かうに拡ごる日本海吹雪きて見えず海鳴りばかり

雪解けの水嵩増せる谷川に浮きつ沈みつ一つ椿花

「大」の字にふかぶかと雪に身を沈め人型画く童らの歓声

雪解けの水の冷たさゴム手袋を透し沁み来ぬ葱洗ふ川に

粉ふき薯の鍋揺らすときわが顔を温く湿らす湯気匂ひつつ

鯉の餌

「柿萌ゆれば鯉に餌やれ」と夫言ひき四月五日初給餌せり

春耕を終へしトラクター村道に土落としつつ轍つけゆく

一服の場と亡き夫の決めてゐし切株にいま頬白憩ふ

拭き終へて光沢もちし縁側に枝垂れ桜が折をり散り来

永らへてまたも来たしと言ひし夫いまわれ一人立つ河童橋

くれなゐの牡丹仏間に香の充てり植ゑたる夫のこの春は無く

挨拶を忘れずペダル踏む少女ぬれつつ驟雨の村道をゆく

帰るべきふるさとをもつ燕《つばくろ》は家族増やして巣を立ちゆけり

鶯の小節巧みに啼く峡に藤の花房帯のごと垂る

あはあはと鯉の池面に黄の光溶かしつつ飛ぶ二つ蛍は

通学の孫らと暮らし七曜を忘れざる功徳　百日紅咲く

近づく

ねもごろにわが手に降ろす夫の名の表札重し一周忌の朝

石きだを覆ふ夏草刈り上がり夫の墓苑にじよじよに近づく

境内に白く涸れたる御手洗を蜻蛉往き来す水欲るらしく

湯上りを氷菓《アイスクリーム》ふくむとき三十八度の溶ける思ひす

白墨の粉払ひたる日もありき主亡き背広に風通しつつ

英軍機と燃えつつ墜ちしと刻まれし兄の碑《いしぶみ》風化し初むる

峡田にて刻知る目安とせし列車電化の成りて聞こえ難しも

鰯雲

お薄点《た》て温き茶碗を手に囲ふ一人居の午後しみじみと秋

めぐり咲く秋桜に埋もれわれ一人列車を待てり無人の駅に

コンバインの深き轍に水溜り動かずにゐる白き鰯雲

夏果てを紅葉はじむるななかまど賞でし夫亡く娘と仰ぎ見つ

小春日を五百余のチューリップ植ゑ終へぬ夫の遺せる大き球根

デザインの同じ家々ポーチには鉢花置かるる新しき町

葉隠れに黄を点すごと柚子熟れてやうやく知りぬ成る実の多さ

孫の手

谷渡す電線に止まる子雀は五線に書きし「ミ」の四分音符

移したる家具の跡のみやや青く藺草の匂ふ茶の間の畳

棚畑のキャベツに保温の藁敷きて帰る野道のはや影長し

凍み雪を砕き採りたる葱白く菊菜かをれる猪鍋かこむ

憂き事も共に払はむ軒端に一気に落とす洋傘の雪

校門に構へてゐたる雪だるま午後の日差しに垂れ目となれり

届かざる手のもどかしさ痒き背へ「孫の手」ならぬ温き孫の手

新芽

芽を出せるチューリップの列に手をのべて傘を遣りたしまた雪の降る

亡き夫の植物図鑑の浜茄子のページに浜茄子の押し花のあり

収入の乏しけれどもリストラも停年もなくはうれん草播く

「出張のお父さん次の特急かも」雛のケーキを囲み待つ孫

「柿の芽の萌ゆれば鯉に餌やれ」と夫言ひ遺しし仰ぐ柿の木

庭石にラジオを置きて草をとる「小泉圧勝」のどよめき上る

喜寿祝ぎて子らのくれたる軽き夜具に使ひ古りたるこの身鎮めぬ

米百俵

攻める野党、応ずる総理も時に笑み「米百俵」の故事を論ずる

「米百俵つて何キロのこと」童は尋ぬテレビニュースに

竹の秋は峡田の水面見えぬまで散りて浮かべぬ枯色の葉を

帰りゆくセールスマンは庭隅に佇みふうと紫煙を上げつ

一日では乾ききらないジーンズのポケットの湿り梅雨空つづく

亡き夫がナホトカ訪ひて二十年その孫今年大連使節団

中国語の紙芝居や「よさこい舞鶴」の踊りの稽古に準備せはしげ

小遣ひを三人の祖父母受けもちて大連へ発つ「あゆみ」見送る

カサブランカの蜜吸ふ揚羽と花畑に水やる我と夕ざれの逢ひ

涼惜しみ草とるわれに「御飯よ」と孫の呼ぶ声トースト匂ふ

新しき機器否まねどこの宵も算盤はじき小遣帳記す

子守唄

夕づきてはや葉を閉ぢし合歓の木の子守唄たれ蜩の声

コンバインはみるみる稲穂を刈り取りて一望の田に落暉あまねし

「只今」と言へば「オウ」とふ夫の声空耳幾度か三周忌迎ふ

飛石の窪みの形に青空が小さく生るる雷雨のすぎて

餌を食む鯉の丸き口、白き髭見とれるほどに心澄みゆく

草もみぢ踏みて上りし栗山にいが、皮の散る、猪先手

谷川に鍬洗ふ手許暗みゆき合歓の木はもう葉を閉ざしたり

スカーフ

蜩のか細く鳴く日やうやくに一夏をたたむ日傘をたたむ

一役をつとめて畦に寝かさるる案山子の絣肩のみ褪せて

動く歩道を歩みゆく少女と動かざるわれとの間みるみる離る

将棋倒しに崩るるすすき特急の電車過ぐれば起ち上るなり

雨に打たれ稔り穂の伏せあらはなる案山子の竹の手足細しも

道標の風化の著き文字さすり「右　京、左　田辺」と読めり

ペダル踏む冬晴れの野路しやらしやらと車輪に触れてねこじやらし鳴る

鳥の足跡

庭雪に凍みし小鳥の足跡あり飛石伝ひに鯉の池まで

花摘みしあとの脇芽の伸びしるく雪降る畑に菜の花咲きつぐ

五升釜十年ぶりの出番にて株講ならひの鶏飯を炊く

一人だけの「高跳びクラブ」落ちしバーを掛けては少女繰り返し跳ぶ

筧伝ふ雪溶け水のはや涸れて「水盥」と彫る岩の白しも

背伸びすれど棚の梅酒に届かざり腰の老いゆく証のやうに

在りし日のままなる夫の本棚の上段に叩《はた》きをかけると背伸び

一斗の米さへも重たきわれを見て孫はかるがる運びくれたり

遠き日に十五の春を泣かさないと言ひし知事あり孫今日受験

岬なる家々の軒に烏賊干されバスすれすれにハンドルを切る

醍醐寺

醍醐寺への山路の険しさ思はせて上り口には杖の置かるる

木々の間にやうやく伽藍の屋根が見え十番札所の御詠歌聞こゆ

「電話よ」と畠に孫の持ちくれし子機にて友と長話せる

歳々を球根植ゑつぎ絶ゆるなく花咲く花壇は夫の遺せし

あかときのしじまに透る鯉池の小滝のリズムに再《また》も眠りぬ

善意の杖借りて書写山登りゆく休みたき頃に椅子の置かるる

書写山の杉の梢の彼方より二十七番札所の御詠歌届く

天窓

飴色の畳紙《たたう》より出す絽の喪服仕立の巧み母は遺せる

愛用の夫の洋傘さして切る百合よ在りし日と同じ雨の音

亡き夫のわが編みしセーター再生《リフォーム》せむ過去を囁くやうな解く音

遠き日の我見るごとし「英単」のカードを見つつ自転車の少女

天窓より秋の陽深く差し込みてバラのくれなゐ映ゆる食卓

小豆干す莚に差す陽はやかげり鎌振り上げしままの蟷螂

仲秋の月見の芋を掘る背に落ちたる露の小さき冷たさ

焼印

天窓より差し込む光は日を追ひて位置変はるなり秋深みつつ

谷川に沿ひて延びゆく猟師道白き芒穂の彼方に消ゆる

一斗余の正月餅つく臼と杵の家号の焼印うすくなりたり

餅をつく孫の杵音に力ありわれよりも強き助つ人となり

実家なる庭の飛石遠き日に母の使ひし石臼と聞く

ガーベラも遂に枯れたる歳晩の花壇に鮮し水仙のあを

Ⅲの章

小豆正月

抹茶入りの煎茶とぜんざい整へて友待つ今日は小豆正月

雪しぐれのしばし止み間のどんどにて「平和な春」の書初めも灰

冬ごもる築山なれど一ところ石蕗咲きて黄に明るめり

初雪の積む畑にて探りつつすずなを掘れり明日は七草

冬空を背に立つ庭の大欅白き昼月梢にかかる

菊菜摘みしゴム長の跡朝凍みに靴底の模様くっきり硬し

軽やかに飛石の上を往き来する鶲は沈丁の香にひたるらし

風の道

湯気の立つ甘酒を明るく映し出す吹雪の夜の自動販売機

枯萱を一つ流れになぎ倒す風の道あり休耕の田に

春分の日射しにあはき湯気を立て萩の落葉の徐々の堆肥化

朝靄は春のことづてさみどりの露鮮しく小松菜の伸び

朝靄のゆつくりはれゆき向かう嶺の一本松が姿あらはす

鳥居の上に置物のごと梟をり児らの歓声にまばたきはじむ

日脚のびはつかに残る野明りにラケット背負ひ孫帰り来ぬ

防鳥網

ゐんどうに防鳥網張る梢より「意地悪婆さん」と鴉が鳴けり

赤芽垣刈る子の脚立抑へつつすがすがと聞く鋏の音を

呼び捨てにわが名呼ぶ声空耳か墓苑に竹の落葉掃きつつ

「常《じやう》使ひ当番」の木札廻り来ぬ戦前の墨書いよよ光沢《つや》増す

カーテンの隙間ゆ洩るる月光に剝製の鳥生くるがに見ゆ

娘のくれしラベンダーの香《かう》ききにつつ仏間を清む夫の命日

超勤を終へ帰り来し子の掌には稀となりたる蛍が二匹

今年もまた栗豊作か下草を刈る吾を撫づるあまた垂れ花

去年の巣の繕ひ終へて燕の静かになれり卵抱くらし

廃屋の大屋根崩れ太き梁見えて旧家のはかなき誇り

あだ生えのまくはと信じ育てしに今朝蔓伸びて胡瓜と知りぬ

鏡田

台風のことなく過ぎしをまづ良しと会話始まる野菜出荷場

鏡田に水輪をゑがくあめんぼの細くて長き脚の屈折

われよりも背高くなりし孫かろく恵比須の棚に榊供へぬ

一握りの間引菜摘みて帰らむに引き留めらるる夏鶯に

山畑に大根播きて帰る径薄くなりゆくわが影法師

蕪播きて古鍬洗ふせせらぎに今日も暮れぬとカナカナの鳴く

つながれし犬は鎖の丈だけの自由がありて右往左往す

一足早く

照り翳るたびに紅葉が濃く淡く峠の秋は一足早く　（大菩薩峠）

銀木犀の小さき花々掌にとりて顔寄するとき甘き香りす

セピア色の和紙撚り詠草綴ぢてゆく紙撚《こよ》りはすでに死語に等しく

あかときの風雨に朝刊湿り帯び紅葉一枚はりつきゐたり

虫に喰はれ土に落ちたる柿の実を種のみ散らし鶫ついばめり

山合ひの一輛電車カーブをば傾き走る芒なびかせ

ＴＶドラマかわが家の電話か惑はせてベルの鳴るなり独り居の午後

柚子湯

雪止みし小川に蕪を洗ひつつ今宵の柚子湯の温もりを思ふ

残照のにはかに暗む谷川に蕪洗ふ手の冷えまさりゆく

腰かがめ蕪洗ふ手許のはや暗く稜線の空はまだあかね色

唐突に窓をふるはす雷鳴に「雪起しね」と孫の顔怖づ

硬球を打ち合ふ孫のラケットのガットの一処そこのみ破る

台風に倒れしままを地に低く白きコスモス師走を咲けり

生垣に紛れ生ひたる南天に実は豊かなり鳥まだ知らず

京田ごはん

初春の日差しを背に薪もて炊く「京《きやう》田《だ》ごはん」テレビに映る

伝統の「京田ごはん」の取材にて何年振りか薪で飯炊く

汗ばみつつ豆腐十丁炒る手許を写すカメラの廻る音する

竈《かまど》にて炊く「京田ごはん」の噴く湯気の美味き匂ひが庭に漂ふ

取材受くる八十路の顔の皺深く丹後訛にも郷土色あり

試食する五人の取材班《スタッフ》「豆腐飯も掘炬燵もまた珍し」と

春雪

春鋤きの黒土に立つ霜柱囁くやうな音に溶けゆく

氷柱まだ溶けぬ野小屋の土間にして汚れ案山子の竹の手細し

雪跳ねる篁の音裂ける音凍れる夜のしじまに透る

田境の分らぬまでに枯芒覆ひかすかに雪解ける音

紅梅の咲く日に君は知らせ来ぬメダカの学校の先生になると

肩凝りにモーラステープを貼りくるる孫のしなやかな指の感触

朝をまづ夫の転生とわれのみがみなす錦鯉に餌を与ふる

峡田みな休み田となり畦焼きの野を這ふ炎は遠き風物詩

稲作を止めて久しき峡の田に亀なほ棲みつぎ甲羅干しをり

亡き夫の植ゑし桜が花密に付けてしだれてわが額撫づ

「鶯のモーニングコールとは贅沢ね」大都市の友の電話なる声

岩清水

「明日は咲く」「明後日《あさって》かもね」とお茶の間の話題は黄金色のバラなり

「大輪の黄のバラ咲いた」とわが叫び窓辺に家族の顔四つあり

岩清水にのみど潤す若葉影掬ふ柄杓の木の香あたらし

麦藁帽を目深にかぶる案山子の顔覗けば口のみ大きく描かる

りんごの香のバラを賜ひて一輪ざしに幾度となく顔近寄せぬ

浴室より昨夜は校歌今宵はスペル孫の声する何か楽しげ

しんがりを咲き盛りゐるしだれ桜植ゑし夫亡く春愁のあり

百段

峡に住む小さき恵みや花ばなに水撒きをれば老鶯の啼く

百日紅の白き花房三十五度の日差しものかは重く波打つ

庭池へ通ふ飛石に水を打ち杉下駄揃へぬ夫の命日

日に萎えむばかりの苔に空蟬が昨日も今日も十五からめる

三世代揃ひて盆の墓参りその百段にわが遅れつつ

四十日ぶりの雷雨が涼を呼び虫すだく畑に小松菜を播く

迷ひつつ稲作止めし峡の田のあら草揺らす風はもう秋

木犀の香

卒業式に君ヶ代唱はぬ来賓ありき思想貫く硬きその面

ぽつかりと大き口開け柘榴笑ふ歯並びのよき果実列なす

若狭塗りの文箱に古りゆくパスポートとほきスイスの旅甦る

スーパーに外国産の野菜多しわが食卓はほぼ自家の畑

夕風に木犀の花散りしきり地に円型の金箔ゑがく

塀越えて匂ふ隣家の銀木犀わが家の金とその香きそへり

かしましき鵯去りし柿の木に皮だけとなりその実揺れをり

「お山にはそんなに餌がないのですか」夜毎畑鋤きみみず獲る猪

移りゆく秋のあはひの雷雨止み今朝里山は明るく濡れつ

地に落ちてなほ鮮やけき紅椿をしんみり濡らす山茶花しぐれ

芒穂を撓ませ列なす赤トンボの翅の透く見ゆ小春の日差しに

ベル

弧をゑがき咲きゐし萩を刈りとりて焚き火となせり出荷当番

ガラス戸の内外にゐて拭く曇り孫は高々手を伸ばすなり

畠より駈けつけたるにベルの切れ電話の向かうが何か気になる

離り住む親しき友よりの年賀状今年もあらず束なす中に

家と土蔵のあはひを陽光乏しくて木瓜の新芽のみどり淡しも

水盤に生けし猫柳に芽の吹きて差し込む光の方へ伸びゆく

若狭湾の潮《うしほ》の青をその背に鯖はトロ箱に並べられをり

春の彼岸

庭池にきらめき揚がる噴水に虹の生れたり彼岸日和を

春雪のいまだ残れる彼岸墓地くぼみに薄き氷張りをり

早春の日差しに照れる庭石に日向ぼつこす鶺の番ひは

表札

沓脱ぎに置ける庭下駄肥後みやげ求めし夫の七回忌の朝

千両の万両の実を食みつくし金満となりし鵯はいづくか

椅子一つ空きし食卓遊学の孫の夕餉のふつと気になる

メロディーのまだ整はぬ草笛を吹く児らは行く生垣沿ひに

金文字にて「愛は犠牲を伴ふ」と画面に光り映画終はりぬ

掛け替へし子の表札に見入るとき名付けの夫の若き日顕てり

背もたれのなき椅子に寄るごとき日々過ぎゆき夫の七回忌迎ふ

夫の植ゑしバラの大輪とりどりに供へて賞づる忌の日なる今日

金婚の日付け刻める遠き日の指輪を嵌めて夫の忌の席

節高きわが指よりもオルゴールの小箱が似合ふ金婚指輪

子の許に移りしはずの友の家に灯のともりをりほつと落ち着く

銘柄米

気合ひ入れ二段梯子を松の木にかけて古葉を摘む老庭師

庭草をとれる媼にゆつくりと処暑の木洩れ日位置変へてゆく

稲の品種改良すすみわが知らぬ銘柄米の年どしに増ゆ

ロス勤務となりたる孫の発つ刻か「関空」に向きそつと手を振る

すすきの穂蒲の穂茂る一つ谷瑞穂の国のいよよ危ふし

芒穂に列なし止まるアキアカネ、サーファーのごと風に戯る

声弾ませ孫はロス勤務を伝へ来て夢なきわれに刺戟くれたり

汁の蕪

立冬のすぎていよいよ日の没りの早くなる畝に汁の蕪引く

慎重に子の引き寄する竿先の熟柿を孫と息つめて見つ

竿先の大美濃熟柿を寄せむとすあと二メートル落ちてしまひぬ

絵の描けぬわれは心に画きおかむ彩鮮やけき冬鳥一羽

尾を振りて庭石叩く鶺鴒のまたの名「いしたたき」諾ひつつ見つ

さながらにあれは「かまくら」山裾の雪積む家に灯り点りて

行きずりの我に幼ら「ほら見て」とイナバウアーすちびつ子広場

午前五時六十センチの雪を搔く子らに温き味噌汁つくる

雪搔きを終へスコップにかけられし子の軍手よりかすか湯気立つ

この寒波なほをさまらず畑の雪搔きて採り出す大根、蕪

家族らの動静もあれど大方は農作業記す「三年日記」

深山の桜

川上の彼岸桜ははやばやと筏を組みて川を下り来

奥山の桜は誰にも愛でられず花の筏となりて人目に

いまし没る赤き日映ゆる谷川の水面を揺らし古鍬洗ふ

宵山ゆ梟の声透り来ぬ明日は晴るるよ馬鈴薯植ゑむ

大豆挽き唐黍くだく石臼を廻しし時あり食糧難時代

揺り椅子にあやしし孫は大学生その椅子に独り午後をまどろむ

「北鮮拉致」のテレビ終りてカーテンを閉づるとき月の光潤めり

丸太二本揃へ架けたる谷川を怖ぢつつ渡る山の根刈りに

母の顔知るは三人のはらからのみ五十回忌の席にぎやかし

塀越えてしだるる桜の下に置く読書の夫を顕たす木の椅子

背負はれし陶の子亀のその上に蛙坐れり梅雨の池辺に

舟屋

伊根の丘ゆ眺むる舟屋に舟はゐず寄する朝波きらめき拡ぐ

伊根の生活《たつき》は舟屋の上に居室あり海に向く窓に濯ぎ物揺るる

釣り具など屋根に積みたる車多し「海の日」の朝コンビニ駐車場

若みどりの匂ふ風吹く山の畑蕗摘むめぐりを黄蝶往き来す

木の芽摘む指先青き香の沁みてデザートの桃に移りてゐたり

ほの暗き藪の畑に切れる射干　黄蝶、蜆蝶わがめぐり飛ぶ

孫のくれしジャージーは高校の徽章入り作業衣となしいざ薯掘らむ

名水

戦時下の苦き青春いまさらに悔やまず八十路の集ひ明るし

由緒ある真名井の清水の湧く里に各地の名水売る店のあり

残暑また戻りし午後を白萩のちらほら咲きの陰に草とる

谷川に網戸を沈め一夏の汚れを洗ふ白露の夕べ

稲の穂の重く垂れしを祝ぐ舞か茜の空にアキツ群れ飛ぶ

愛らしき児を抱く女はスーパーの籠にパックの惣菜ばかり

茜雲はバックに稜線濃き起伏見惚るる間なくはやばやと消ゆ

夜廻りの拍子木の音透り来ぬ柚子の香愛づる湯にひたりゐて

「火の用心」を唱へつつ打つ拍子木の時代劇めく里の年の瀬

カーテンの隙間の幅だけ月光は縁側に延ぶ白布のやうに

凍むるなき年の瀬なれば五臼の餅米洗ふ井戸水温し

鎮魂歌

真夜中の電話は大方不吉にて妹の死を告ぐるその夫

急死ゆゑやつれなき顔白き額を震へつつ撫づ名を呼びながら

妹の黄泉の旅出の薄化粧みづみづとあり呼べば覚めんか

急死ゆゑ妹の顔のつややかさ寿司を囲みて一月《ひと》経ずに

僧の読経虚ろに聞きつつ黒縮緬の膝掛けに沁みる涙の白し

刻々と迫る妹との永久の別れ立ち難くをり遺体安置室

凍星のきらめく彼方に妹の顕ちてカーテン閉ぢ得ずに佇つ

Ⅳの章

樹液

百日紅の表皮よぢれつつ剝がれ落つ脱皮の肌に樹液がひかる

軒下に出番なく立つ雪掻き具春一番に音たて倒る

藪畑の梅の老木咲き揃ひ夜目にも白く大き弧を描く

結婚式

蒼い目の花嫁でなくてよかつたとアメリカ勤務の孫の結婚式

フラワーシャワー浴びせられつつ会釈する二人に弥生の陽ざし温か

親族の紹介にわれは最年長孫の結婚式に招ばれたる席

山路

ガレージの蛍光灯に巣繕ふ燕愛しみ灯り点さず

春寒を花殻の焚き火囲みをり菊の香りのかそかにはぜて

夫の遺志に植ゑつぐ二百余の花咲きてチューリップの家と童らはいふ

手袋の一処いつしか破れゐてその指のみに蕗の灰汁沁む

築山の草とるわれに「ケーキよ」と孫の呼ぶ声　連休始まる

山蕗の旬は端午の節句までと亡き姑言ひき今日はその日よ

をりをりの青葉の風に睡蓮はかそかたゆたふ昼の古池

睡蓮に降るとも見えぬ雨ありて花ことごとく小露を宿す

向かう嶺を終日黒煙覆へども火炎上らず紡績工場火災

（ダイワ紡舞鶴工場全焼）

低空を轟音上げて旋回のヘリは取材か工場火災の

終日を工場燃ゆるも類焼のなきを小さき救ひとせんか

シャキッと

朝の五分は貴重と三つ編み結ふ孫をゆるり見てをり新茶飲みつつ

捥ぎたての胡瓜のみどり歯切れよしその名も「シャキット」新品種なり

音もなく降る雨いまは止みたるかをりをり聞こゆ小雀の声

飛び立たむ気配をみせて子燕の五つの顔が巣の辺に並ぶ

猛暑の陽やうやく没りて微風あり打ち水に揚羽は執着のさま

つつじ咲かず鶯啼かず雨降らず暑き列島　舞鶴炎暑

空中戦のさまをつぶさに刻まれし兄の碑みがく六十余年を

白萩

小花連ね地までしだるる白萩に触るれば残暑離りゆくなり

白萩のしだるる枝は絶え間なくさ揺らぎてをり風を知らせて

萩の枝を深く撓ませ止まりゐる小雀は群よりはぐれたるらし

鶯のモーニングコール聞けぬまま暦は彼岸　曼珠沙華咲く

飛び立ちし燕の空巣薄暗く軒より垂るる藁しべひとつ

白菜にまた青虫の生れたるか紋白蝶の飛び交ふわが畑

主住まぬ実家の畑の百目柿背戸の御所柿は戦時のおやつ

落穂拾ひ

玉葱を植うる手を止め仰ぎたる空に尾をひく今日はジェット機

稲刈りはコンバインの時代落穂拾ふ泰西名画は額にかかれる

暮れはやき田に藁屑を燃す人の影くつきりと立たすほむらは

「かぐや」より映し出されし「地球の出」日本列島蒼くうるはし

六十余年経るも恨めし開戦記念日新聞はもう記事にもなさず

南《みんなみ》に傾きし陽は深ぶかと違ひ棚に差しトロフィーてらす

雪の予報外れ日差しのあたたかき中庭に搗く無事の杵音

郵便車

雪払ひビニールのハウス透かし見つなばな咲き初めここすでに春

雪しぐれにぬかるむ道の水撥ねて郵便車入試の合否運び来

小夜更けてテレビに海外の気象視るロス勤務なる孫想ひつつ

雪道の長靴の跡に誰彼の歩き癖見えふとも噴き出す

手話の指いとしなやかに物を言ひうなづく童らの瞳集まる

桜咲き茶の間の定席また一つ空きて会話の乏しき家族

花よりも団子と饒舌楽しとふ級友はみなシングルアゲイン

花見舟

娘を伴ひわれは湖上の花見舟蒼き水面に緋の花映えて

琵琶湖なる花見の舟の曳く水尾に桜は波に映えつ砕けつ

海津大崎の岸辺の桜緋の濃くて白きさざ波に映りたゆたふ

掌に雨

新緑の山を逆さに映す田の早苗の活着日々進みゆく

さ緑の庭木を洩るる日を浴びてとかげ熟睡《うまい》か沓脱ぎ石に

山菇の美味の期限は「こどもの日」と姑は言ひゐきひたすらに摘む

黒マルチに五月雨の音のリズミカル諧蔓さす背に湿りを覚え

五十粒の豌豆の種子は三キロの収穫上げぬ　農素晴らしき

雲の動き菖蒲の揺らぎは五月晴れの崩るる兆し江戸菊を植う

花作りは国賊と言はれし世もありきサルビア二百今日を植ゑつつ

杉苔の生育阻む山苔を入念に除る梅雨の晴れ間を

廃線に丈低き蒲公英咲き満てり軍需に栄えし鉄路なりしが

掌に雨をたしかむ午下りサルビアの宿す露は淡紅

歳々に娘の送り来る新茶いれ香りたのしむ和菓子を添へて

桔梗押花

足継ぎて棚ゆ取り出す一冊に亡き夫の作りし桔梗押花

草をとり耕し種播き菜を育つ農は身めぐりのわが花時計

五月雨の上りし庭に緑なす杉苔さやか百舌よ来啼けよ

乳足りて心地良さげに眠る曾孫時に笑まふを倦かず見てをり

三人の庭師は縁に腰かけて汁したたらせ白桃を食ぶ

荒涼の工場跡地に一条の川なす白き月光のあり

縁側に吊る大提灯に終の灯を点して今年の盆行事了ふ

白露の風

大樹模様のレースの暖簾を真二つに分けて白露の風通り過ぐ

谷川の清き流れを掬ふときわが掌に小さき秋空のあり

夕時雨降ると見えねど咲き続くサルビア淡き滴を宿す

夜な夜なを栗狙ふ猪にさきがけて午後五時われは栗拾ふなり

鯉池の噴水止めれば平らぎの面は小さき秋空うつす

銃声にをののく民あり鈴虫を聞きつつ書を読む我あり今宵

ひとり抱き右手に幼の手をとれる女性は遙か遠き日のわれ

大火鉢

萩は黄に花水木は紅に冷えしるき一夜をもみぢす秋深き庭

藁床に五徳沈めて大火鉢土蔵の隅に歳月を経る

亡き夫が読書に使ひし背もたれの高き木椅子にわれは午睡す

電柵

庭池に緋鯉真鯉と石蕗の黄の映ゆるなり小春日ひと日

薪くべて飯炊きし母の偲ばるる電気釜のスイッチぽんと押すとき

篁の窪地は庫裏の井戸跡とふその寺の名がいまの小字名《こあざな》

凩に裸木となりし楓一樹老骨のごと細き枝張り

紅落葉を掃き寄する背に日の温しテレビもいはぬ開戦記念日

吉報も訃報ももたらすこの受話器孫の「桜咲く」を待ちつつ拭ふ

経ケ岬の風に冷えし身うからと囲む蟹鍋湯気ほのぼのと

大豆畑は猪に荒され穫れざれば友より賜びしを福豆となす

朝の日にひかる東の間の薄ら氷を登校の児ら嬉々と踏みゆく

牛追ひて田を鋤きし日ははるかなりトラクターの男の仕事着汚れず

鋤かれたる黒き畑土に霜柱銀の針なしこまやかに立つ

しなやかに青く伸びたる菠薐草ビニールハウスの中に揉み合ふ

いちはやく岸辺に萌ゆる蕗の薹摘むてのひらに移り香淡し

早春の仏間に深く陽の差して代々の遺影は明るく若し

猪に敗けてはならじ電柵を恃みし畑に玉葱あをし

今年不作

盆花は卯月八日に播けといふ温度と湿りの穀雨待みて

乾ききりし畑は穀雨にうるほひて花芽一どきに噴き出づるなり

筍の今年不作の竹の葉は黄ばみ散りつぐ風も吹かぬに

三周忌の妹に供へむ果物に添ふる追悼歌の筆あと滲む

打ち寄する潮の力は奈具の岸に行方阻まれ高くしぶきぬ

夜の雨を恃み植ゑたるサルビアに朝光差せり予報外れて

抑揚の巧みとなりし鶯の姿は見えず葉のみ揺れをり

日を追ひて早苗の活着いちじるし葉先の露に裾濡らしゆく

長電話に苛立つときの助け舟玄関のベル気忙しく鳴る

さなぶりの名を借り友らと昼食会さみどりの新茶の先づは乾杯

誰かぷつと花壇に種を飛ばししか西瓜一本確かに芽ぶく

つばめ

新しき燕尾服にて子つばめの五つは巣立ちのリハーサル中

幾千粁の南の島へ飛び立ちしわが家生れの子燕おもふ

子燕ら夜明けを待ちて旅立ちしか空巣を見上げ無事を祈りぬ

子燕ら「さよなら」言はずわれもまた見送りもせず空巣静もる

子燕の巣立ちしあとの家事情風くれば垂るる藁しべ揺れて

「空いたよ」と知らせ受けしか第二陣の燕せつせと巣作り始む

鯱の尾

帰省せし孫と訪ひたるラーメン屋紙新しく「閉店」とあり

お墓にて一人草とる老い我の血を吸はむとまとふ藪蚊の憎し

はるかなる稲田の中を一輛の電車下り来ああもう昼近し

産土神の笑みを賜ひてわが腕に眠りつつ笑む初曾孫なり

夏の日に耀ふ棟の鯱の尾をよぎり過ぎゆくちぎれ雲あり

焼印の屋号刻める長鎌と蜂除けを持ちて子は山へ出づ

鉄棒に下がる児のごと電柵に両鎌かけて蟷螂のをり

草紅葉の径

せせらぎの軽きリズムにわが歩調自づと合ひぬ草紅葉して

異常気象なれど米作「やや良」とふ曼珠沙華さつと田岸を覆ふ

日の温もり吸ひし藁塚夕されぱちちろ虫らの舞台をなせり

つつがなく台風過ぐれば大雨戸レール軋ませまた戸袋へ

「銀鈴」とふ亡夫の植ゑし栗豊作猪にさきがけ拾ふが日課

人通り少き真昼の通学路ねこじやらし素枯れ車輪にさやる

晩秋の冷雨にひと日籠りをりテレビは整形の顔また映す

掛軸

百五十年経しとふ掛軸の再仕立て子は慎重に箱より出しぬ

仕立て直しし「手力尾大明神」の軸掛けて新年迎ふ雪明りして

あかときの雪踏み常は使はざる古井戸に汲む温き若水

部屋深く元旦の陽は差し込みて活けし若松の水引ひかる

新春の朝の光に虹をなす噴水池に鯉ら寄り来ぬ

娘に送る柚子や野菜にメモ添へぬ「白菜より虫這ひ出るかも」と

花殻を燃せば菊の香漂ひて道行く人ら手をかざすなり

常緑と裸木冷たき築山に石蕗は黄なる花を掲ぐる

立冬に播きし菠薐草にビニールかけわがこの年の作業納めし

時雨止み寂たる村道軽快なるブーツの音す若き娘らしき

振袖をジーパンに替へいそいそと孫は帰校す「明日実習」と

早春賦

峡の雪いまだ溶けぬにうばざくら咲き盛るなり饒舌の花

「早春賦」の合唱となる山の湯に八十五歳は今女学生

手押し式の信号機を押して渡らむはわれ一人にて車列を止めし

横断歩道塗り替へられて縞白し踏みしめながら園児ら渡る

生垣の狭間に見えつ隠れつし出勤の子の車出でゆく

甕の水に餅を保存せし遠き日よ取り出す折の冷たさ今も

裸木に枯葉を組める古巣あり往き来の鳥の名は知らねども

初つばめ

初燕急降下してわが家の古巣忘れず帰り来りぬ

わが鍬は冬眠の蛙を起こししか迷惑さうにやをら跳び出づ

一畝を打つに幾度も休むなり若草の座蒲団春日に温く

春の雪

枝垂れ桜雪に被はれなほしだる竹箒もて払ひてやりぬ

狛犬は納得いかぬ貌をして雪を冠れる桜花見上ぐる

春雪の畑によくぞ結球のキャベツの丸き頭を撫づる

つばくろの巣より落ちたる藁や土子は洗車して出勤すなり

行つてきますと駈け出す隣家の一年生黒きランドセル背に大揺れ

「山笑ふ」と古人は言ひき新緑の日に日に深まり膨らみゆくを

薯掘りの終はれば木陰に憩ひつつ「迎へに来て」とケイタイに呼ぶ

座敷すだれ

軽がると座敷すだれを掛くる孫乙女さびたり項の白く

山裾に栗植ゑてはや二十年枝張り隣家に実を落とすなり

留守電に朗読めけるわれの声恥づかしく又をかしくもあり

わが畑の西瓜を野猿はかかへ込み山の茂みへ身を隠しゆく

開け放ちの部屋に出入りの鬼ヤンマも花の蜜吸ふ揚羽も見ざる

立灯籠、経机をば孫と組み棚経の準備成りて茶を呑む

灯籠に灯を入れ香たく仏間には父祖の遺影が並びほほ笑む

バラを切る鋏にまつはる蚊の一つ祖父のくすべし蚊遣りはるけし

残暑見舞娘らより届くわが町の気温38度テレビに流れて

小学生と中学生のゐる一家彼らはヒーローわが隣組

今年もまた花壇に西瓜二個成れり誰がいつ種子を播きしか

白き百狐

碓氷峠の県境はさみ茶店あり競ひて客呼ぶは媼にあらず

二時間後は結婚式を挙ぐる二人ジーンズ姿で挨拶に来ぬ

百年を経たる古井戸チョロチョロと山の水溜め猛暑を涸れず

セピア色の回覧板はわが手書き戦後区長の舅の代筆

おでん種を買はむと出でし村道に柿の葉奔らす木枯らし一号

ネックレスを装ふ指先糠味噌の匂ひ残れりクラス会の朝

木枯らしに片倒れせし群芒白き百狐の立ち騒ぐごと

久留米絣

太枝を折り柿の実を食みたるは熊の仕業か収穫はゼロ

われは縁に孫は脚立に相向かひガラス拭くなり年の瀬晴るる

久留米絣の半纏まとひ賀状書く博多出張の子のみやげなる

馴染みたる草取り鎌の捨て難く新品はそのまま年越しをせむ

大根の麹漬け了へ腰伸ばす年々重くなる置き石や

無人駅の萱生に倒れし自転車は通学生の慌てしものか

下水道工事明日より休むらしショベルカーの首に松飾りあり

Vの章

芹に代へて

積雪に溝辺の芹の摘めざれば水菜を代はりに七草を祝ぐ

湯の宿に海山の幸味はひつ乏しき戦後を越え来し我ら

早朝の山の温泉に六人の同級生は輪に背を流し合ふ

今夕は鍋にされるや鮟鱇は空《くう》を睨みて店先にあり

「トイレの神様」の歌詞に頷き黄千両手折りて挿しぬ便所《トイレ》の花瓶に

裸木の木蓮風に対ふごととんがり帽子のごとき芽を抱く

立春の名に恥づるなき日差しあり畑の凍雪溶けて菜の見ゆ

三年日記

昨年も一昨年も如月尽に「編物」とのみの「三年日記」

嵩なせる三年日記を繰る夜更けなまなまと三年の自分史がそこに

緋毛氈に映ゆる雛《ひひな》に孫想ひちらしずし供ふ窓は淡雪

手を拍《う》てば寄り来る鯉に餌やりし夫偲びつつ真似てみるなり

雪溶けの樋を流るる音かそか透かし模様のセーター編めば

雪被き葱は旨味を増すといふ鉄砲和へつくり子の帰り待つ

静脈のくきやかに浮くわが腕を「有難きかな」と看護師は言ふ

原発の安全神話崩れたり近き町高浜にも稼働はすれど

執拗に原発の安全聞かされつつ見学したるは若狭でありし

年毎に深ぶかと垂るるしだれ桜下草をとるわが背をくすぐる

冬籠りの部屋のカーテン開け放つ小さくともいい夢通ひ来よ

鶯の初音

遅すぎし鶯の初音をうからららに告げて気がかり一つ解けたり

紺のスーツに白きブラウス瑞みづと出勤の孫に目頭うるむ

カリキュラムに泥んこ遊びも組みしとて日灼け顔にて孫帰り来ぬ

若葱の鉄砲和へを作りつつその名の由来説きし師憶ふ

蕗のたうの苦味は胃薬といひいひし祖父をおもひて白飯に乗す

夕六時の梵鐘峡にひく余韻農作業終へよとうながすやうに

「明日は雨」の予報にアスター植ゑいそぐ励ますやうに鶯の啼く

青あをと展ごる稲田に力あり早苗の活着日々にすすみて

人住まぬ旧家の池に樋伝ふ山の落ち水の音清々し

孫の焼きし小鉢はややに歪《いびつ》なれど胡瓜の浅漬け盛れば清しき

俄雨止みて路上の車発つ車の型に土の白しも

父ふたり

大火鉢に鉄瓶の湯をたぎらせて舅と父は碁盤にむかふ

碁石おく舅と父の指先にそれぞれ癖あり碁の対戦に

舅の部屋に湯の滾る音と碁石おく音冴ゆるなり遠き「明治節」

猛暑なれど田の水涸れず稲の花咲き揃ひたり風にそよぎつ

さるすべりの白き花房をゆうらりと揺らす風あり処暑の夕べに

物乞ひの声にも似たる夕鴉畑の西瓜を狙ひ鳴きをり

芒ヶ原となりし峡田に赤トンボ飛び交ひ遠き稲作しのぶ

恵みの雨

米寿五人似合はぬ場所ねと笑ひつつ「恋人の聖地」の碑の前に立つ

「携帯」の明るきメロディー同級会へ出かける孫のバッグより聞こゆ

竹箒を杖とたのみて百段余の石きだ上る墓の掃除に

台風は恵みの雨をともなへば白菜芽ぶき緑列なす

小魚を狙ひ追へども逃げられて拡ごる水輪を見つむる白鷺

自転車にて駆くる村道家々に木犀咲きて匂ひ途切れず

谷川の水面に映る赤き夕日千々に砕けぬ鍬洗ふとき

隣組に小学生はただ一人駈けて通れる登校下校

朝なさな柿の落葉を掃く日課落ちつくすまであと何日か

無人駅の線路を跨ぎ二番ホームへ楓の紅葉肩に散り来ぬ

キャベツ苗植ゑ終へし夜の雨の音我にはこよなきメロディーとして

小春日和

千本の玉葱植ゑつぐ背の温し皮のベストは良人《をつと》の遺品

栗、柿、柚子今年は豊作、休日を収穫の子は首の痛しと

ふんはりと巻き初めたる白菜に虫丸まると太ればに憎む

しぐれ止み定植したる苺苗露を宿して根付かむとせり

書架に並ぶ『坂の上の雲』の背表紙の金文字光り亡き夫顕たす

馴れぬ手に鍬・鎌持ちて守り来し田は子や孫の重荷となれり

入相の鐘冷えびえと余韻ひき灯火ともる里豊かなり

庭下駄

緒の太き庭下駄は亡夫の肥後みやげ鯉に餌やる当番が履く

生垣の中に生ひたる梔子ははるか懐かし実家のにほひ

裏西《うらにし》のしぐれの止むを軒に待つ鍋の白菜採らむと夕べ

ボディガードのごとわれに添ふ影法師はや消え失せぬ冬至の近く

クリスマス寒波襲ひし三連休大掃除よりも雪掻きが先

若狭塗りの文箱に褪せしパスポート北欧の旅より三十年経ぬ

雪だるまの予報に大根白菜ら採り来て土間に貯へるなり

小正月

芹の緑いと鮮やけき七草粥小餅も入れるがわが家のならひ

山の端を染むる残照長くして日脚の伸びしを知る小正月

水清き峡田の米は超一級黄金の波の残像顕てり

つらら

明けやらぬ村道の雪を掻く子らに「善哉《ぜんざい》出来た」と背戸から呼べり

北側の樋より下がる氷柱あり幾年ぶりか白銀の剣

雪冠り大根は旨味を増すといふことことと味の沁みゆく音す

九十センチの積雪報道に離り住む娘ら夫々に電話呉れたり

去年の日記に今日切り干しを作りしと今年大雪大根採れず

積雪を軋ませ子らは出勤し啜る番茶に茶柱の立つ

お雛様のよもぎ菱餅もち搗かずケーキとなりぬ時は移りて

彼岸過ぎ

ビニールの傘に雨音雪の影首すぼめゆく彼岸過ぎしに

九十糎の積雪ありし花壇なれど季来れば萌ゆチューリップの芽が

チューリップは今朝一斉に芽生えたり球根「せーの」と声合はせしか

木蓮もしだれ桜も年毎に枝張り花の触れ合ひて咲く

G・Wに田植ゑ捗りさみどりの田は山なみを逆さに写す

蜘蛛の糸を束ねしは音色優るとふ改めて見つ木の間の張り巣

彼岸すぎ蜘蛛は物置に巣を張ればしろがねに揺る風吹くたびに

翡翠の御飯

奥山の遅咲きざくらの花筏しばしば峡田に注ぎ込むなり

「鮮やかな翡翠の御飯が出来たわよ」一瞬いぶかり微笑む孫は

日を追ひて早苗のみどり色深み逆さ愛宕を水面に映せり

あたたかく早苗の活着しるき田に泡ぶくぶくと蝌蚪孵る見ゆ

ギュギュといふ名の通りペチュニアは株張り犇めき花咲かせをり

黄の帽子横一線をゐがきつつ歩道橋渡る園児遠足

「畑に舞ふ紋白蝶を捕らせて」と男の児三人網、籠持ちて

大戦の苦難に耐へつつ子育ての級友十二人米寿同級会

食糧難を必死に生きし敗戦後を語らず友どち皺深くして

蔓上げて着果せし西瓜を数へをり三十日後を楽しみながら

着果せし日付を西瓜に書き込みぬ肥えゆくにつれ文字太りゆく

跋

西村　尚

私達「飛聲」の同行者の一人である上羽玉枝さんが、このほど宿願の歌集を出版されることになった。これまで、上羽さんには御夫君追慕の私家版冊子の『夏おちば』があるが、本歌集が第一歌集となる。題して『谷は花筏』である。美しい集名である。「花筏」なる名称は、四季循環に合わせて生きる日本人の感性が生んだ言葉であり、身に親しいが、その分、多方面で使われすぎた印象があるので、このように決めたものである。「谷の」ではなく「谷は」であることにも御留意いただきたい。

上羽さんと短歌のかかわりについては、御本人が「後記」でるる述べられているとおりであって、長い歌歴の人である。従って、その歳月に堪え得るだけの強い意思力の持続と、自らを恃む感性の研磨を怠ることは無かった。作品を列挙して推賞すべきなのだろうが、読者が直接、作品と向き合ってもらいたいのである。

一般概論として言えば、自然現象はそこに住む人々に均しく現れるけれども作者ならずとも、大抵は「似たりよったり」の生活でありつつ、それとどう向き合い、どう対処するのか。受容にしても拒否にしても、その人の選択であって、その一端が歌となって眼前する。そして又、社会的な現象についても同じであって、短歌の素材や基盤は身辺にあり、自分自身であったり、夫であったり、家族であったり、友人だったり地域社会だったりする。あるいは、鍬を執って田畑に励んだり、四季循環の風物の描写であったりする。これらは当然のことだけれど、すべて上羽玉枝という作者自身の成果物であって、決して他者の作物ではない。

広く読者が繙いてくださると解ることであるが、上羽さんの作品は小学校の先生が、黒板にチョークでもって書かれる文字さながらに規矩的で、もう少し遊びがあってもいいように感じるところがあるが、それがまさに「上羽短歌」なのである。来し方の人生もそうであったに違いない。真っ直ぐに対象と向きあう作者である。

わが「飛聲」には百歳を頂点に、目下、九十歳代が十名近く在籍している。著者の上羽玉枝さんもその中の一人であるが、「生涯現役」として、更なる御加餐・御清安を願うものであります。

なお、本歌集は飛聲歌集第二十五篇であることを明記する。

西村　尚

平成二十六年五月吉日

蛇足ながら付言すると、集中に登場する「夫」君は、上羽福造先生である。戦後の学制改革により新発足の「新制中学校」に、拙生は昭和二十三年四月に入学した。校舎は、旧海軍の施設の転用で、いかにも粗末な木造のだった。一年E組がクラスで、その担任が、「上羽先生」だった。ニックネームは「ジープ」。白い理科実験服?を羽織り、皮製の踵つきのスリッパを履き、篠竹製の長い指示棒をアンテナのように肩に担ぎ、廊下を闊歩し、地声は大きかった。翌年四月に中学校の再編のため、担任も変更になった。

先生とはそれだけの御縁だったが、後年、先生宅地区の氏神祭りに出向くと、よくお出合いしたものだった。中学校の校長職歴任中だったのか、御退職後だったのか。「家内は、歌は頑張っているようだけれど」と目を細められるのが、常だった。

あとがき

この度、主として「飛聲」に発表した作品の中から六百五十余首を選んで、念願の第一歌集『谷は花筏』として上梓することとなりました。

タイトルは、毎年晩春になると奥山に咲いた桜が散って、私の家の横にある谷川を流れ下ってくる様子からヒントを得て、撰名しました。

私の短歌との出会いは、旧制女学校の「国語」の時間に「小倉百人一首」を学び、宿題として短歌一首を提出することになりました。百人一首は幼児期より口ずさむことがありましたが、「作る」となると大変で、指を折りつつたどたどしく仕上げて提出したのでしたが、それ以後何となく興味をもって、折りにふれ作っては書き溜めていました。

女学校に入学の三ヶ月後に、いわゆる支那事変が勃発し、日に日に戦時色が濃くなって、卒業した昭和十六年十二月に第二次世界大戦（太平洋戦争／大東亜戦争）になりました。男性は戦場へ、女性は「銃後の守り」として軍需産業に従事して〈月月火水木金金〉の歌通りに、休日・余暇の得られない生活が続きました。二十年八月十五日に戦争終結。この日より敗戦国日本は、より一層きびしい悲惨と混乱の生活を強いられて、読書や作歌の時間的余裕はありませんでした。

私も人並みに、戦後の耐乏生活のなかで三人の子育てに追われましたが、昭和三十年代に入ると「もう、戦後ではない」と、じょじょに明るさと希望が見えてまいりました。

再び、短歌にめぐり会ったのは、子供が小学校に入学し、育友会活動の一環としての「短歌同好会」が組織化されており、これに入会したのでした。つづいて「舞鶴歌人会」が改変されて季刊誌「常春藤」が創刊されるなどの活動に参加しました。そこで「古今」(福田たの子先生)を知り、西村尚先生を知って、以後ご指導をいただき平成七年の「飛聲」創刊に同人として参加致しました。この間、NHK短歌教室の通信講座を受講し、その全国大会や地方大会に入賞の喜びを抱いて参加し、埼玉や京都の娘宅を足場に旅行や観光も致しました。

敗戦時の昭和二十年の春に結婚しました上羽福造は、京都師範（京都教育大）卒業後、生涯をかけて中学校教育に邁進し、市立大浦中学校長を最後に四十年にわたる教職を退職しました。後年はわが家の庭池に観賞用の鯉を飼育し、あるいは珍しい花を取り寄せたり、国内外の各地を旅行したりの、他人様の目には悠悠自適とも映るかのような生活でしたが、平成十一年八月十五日、肝機能の低下によって永眠しました。七十七歳でした。

「飛聲」は全国各地に、その支部的存在としてのグループ活動もあって、当地ではそれを「鶴の会」と称して毎月一回、歌の勉強・研鑽を心掛け、年に一度の全国集会に団体参加するなどの活動を展開しております。大会や月例歌会などは、自分自身の勉強・励み・楽しさを味わっております。

この度の『谷は花筏』の上梓にあたりまして、西村尚先生に万般ご厄介になり感謝申し上げます。また「鶴の会」の皆様の日頃からのお励まし有難うございます。

私は幼い頃より、大家族の中で過ごしてまいりました。現在、息子夫婦と孫二人と同居し、賑やかに暮らしています。寄る年波に心身の衰えをおぼえますが、歌会には車で送迎してくれ、歌集についてもみんなが支援してくれるので、嬉しく思っています。夫も生前中からずっと理解や協力してくれていましたので、陰ながら喜んでいることでしょう。

すでに卒寿となり、この一巻が佳き記念になりますことを、有り難く感謝しております。一首なりとも皆様のお目にとまれば幸いです。

出版につきましては、長年の経験をお持ちの「現代短歌社」の今泉洋子様に、何かとお世話さまになりました。末尾失礼ながら厚くお礼申し上げます。

平成二十六年八月吉日

上羽玉枝

略歴

大正13年２月　京都府加佐郡中筋村（現舞鶴市）に、父高田喜義、母ノブの長女として生れる。
昭和16年３月　京都府立舞鶴高等女学校卒業。
昭和20年２月　上羽福造と結婚。１男２女を得る。
昭和55年１月　舞鶴歌人会入会。
昭和57年10月　「古今」短歌会入会。
平成７年１月　「飛聲」短歌会入会。現在　特別同人。
平成11年９月　「夏おちば」（小冊子）出版。
平成16年12月　合同歌集『飛聲十年』に参加。

歌集 谷は花筏　　飛聲叢書第25篇

平成26年８月15日　発行

著　者　上　羽　玉　枝
〒624-0823 京都府舞鶴市字京田501
発行人　道　具　武　志
印　刷　㈱キャップス
発行所　現　代　短　歌　社
〒113-0033 東京都文京区本郷1-35-26
振替口座　00160-5-290969
電　　話　03（5804）7100

定価3000円（本体2778円＋税）
ISBN978-4-86534-038-9 C0092 ¥2778E